FLEURY VINDRY

LES MERLETTES

Poésies héraldiques

LES MERLETTES

FLEURY VINDRY

LES MERLETTES

Poésies héraldiques

F. DUCLOZ
IMPRIMEUR A MOUTIERS-TARENTAISE

SOLDAT CHRÉTIEN

Le sabot dentelé des hautes guilledines
Résonne sous l'ogive en tiers-point du portail.
Le seigneur de Noircarme écarte le vantail
De son robuste poing de preux casseur d'échines.

Le burin de l'épée et le labour des balles
Ont, dans sa vieille chair, gravé le souvenir
De tous ceux qu'il occit de ses mains colossales,
Car il portait un glaive et le savait tenir.

Un lourd glaive d'acier des forges ibériques,
Au court pommeau cavé, plein de saintes reliques,
La garde en croix latine, avec cinq fleurs de lys,
Et damasquiné par Virgilius Solis.

1.

Les pistoliers ont fait halte dans la cour vide.
L'église, aux flancs limés par le vent de la mer,
Recourbe le contour grêle de son abside
Où Saint Georges flamboie en un long vitrail clair.

D'un bond, le vieux seigneur s'est mis hors de sa selle,
Et d'un pas, non point lourd, mais grave et solennel,
Ainsi que marche un prêtre en montant à l'autel,
Il franchit les degrés usés de la chapelle.

Courbant son large torse, où vibrent des sanglots,
Vers le sol le baron se prosterne, et sa bouche
Baise le parvis noir, que balaye à longs flots
La cascade d'argent de sa barbe farouche,

Tandis qu'au fond des nefs, baigné de lueurs rousses,
Aux bras de la Madone, ineffable prison,
Un Jésus tout enfant, qui lui tend ses mains douces,
Accueille, en souriant, sa guerrière oraison.

DANSE MACABRE

MAGDALEN, ma douce feue,
Fantôme de vapeur bleue,
Allons-nous voir le festin
Qu'on donne au pays lointain ?

Entends-tu les basses frêles
Que brode aux musiques grêles
Du heurt des squelettes secs
La sourdine des rebecs ?

N'as-tu pas quelque épouvante
D'ouïr la plainte navrante
Des verres entrechoqués
Par ces membres disloqués ?

Ne te semble-t-il pas presque,
Au seuil de l'horrible fresque,
Sentir sur ton cœur tout seul
La caresse d'un linceul ?

Ah ! fuyons loin de ces choses,
Et que le parfum des roses
Eparses dans la nuit d'or
Chasse cette odeur de mort !

Dans l'azur, ma chère mie,
Pourquoi vous être endormie ?
Las ! vos grands yeux sont occlus,
Et vous ne m'entendez plus !

LE CONNÉTABLE DE MONTMORENCY

A MADEMOISELLE DE LIMEUIL.

Isabelle de Limeuil,
Que ton œil
Ne me soit point trop sévère ;
Mon cœur ne m'appartient plus.
Un refus
Le briserait comme verre.

Ma mie, ah ! ne rabrouez,
Si m'aimez,
Mes yeux aux prunelles grises.
Laissez-les vous contempler
Et voler
Autour de vos mignardises.

1*

J'eus, quoique seigneur caduc,
Et vieux duc
Sans vigueur et sans crinière,
Des passions, en ma fleur :
J'ai cet heur
Que vous soyez la dernière.

Jadis, quand, à Chenonceaux,
Jouvenceaux
Et pages avaient vos grâces,
Je souffrais, et, tout vermeil,
Le soleil
Me semblait frimas et glaces.

Mais, quand vous m'avez souri
Et guéri,
J'ai frémi d'extases pures,
En oubliant, vieil enfant
Triomphant,
Que j'avais trente blessures.

Hélas ! je puis simplement,
Humblement,
Vous aimer..... très à distance.
Le péril n'est pas bien fort.
Si j'ai tort
Vous me le direz, je pense ?

WALTER SCOTT

Au temps où le taillis d'or pâle s'est paré,
Où la futaie en deuil penche et se découronne,
Où l'effort du soleil frileux et timoré
S'endort dans la paix rose et grise de l'automne,

Près d'un manoir croulant par le couchant doré,
Sous un mur en lambeaux que le lierre festonne,
Je relis tes récits, conteur énamouré
Des lacs clairs, dont le flot de brume s'environne.

J'aime, à l'ombre que font tes châteaux sur la lande,
Et dans l'aire d'argent d'une nuit de légende,
A voir tes elfes vifs glisser en plaid rayé,

Et, grave, le menton sur la main appuyé,
Le visage pensif de quelque châtelaine
Qui laisse au loin flotter son rêve sur la plaine.

SUR UNE ÉPÉE

Salut à ton repos, vaillant troueur de chair,
Sonnant jadis au flanc d'un dur routier de l'Inde,
Qui, plus flexible et plus délié qu'une olinde,
Portes la cloche, sceau du vieux maître Alcoyer !

J'aime ce noble estoc et son pommeau, que scinde
Un jet de lierre vif, qui, mordant l'acier clair,
Aux reflets du métal pliant son fil d'or vert,
Enserre un médaillon où rêve une Clorinde.

Ainsi qu'un filigrane ourlant une basquine,
Un fin réseau d'argent bruni te damasquine.
On voit de vingt grenats ta garde fleuronner.

Que ne viens-tu, parmi nos pleutres, fourgonner,
Et, flambant au soleil de notre Béotie,
Crever le ventre impur de la démocratie !

LE VICOMTE DE TAVANNES

Ce hardi compagnon se nomme Jean de Saulx.
A crier : « En avant ! » sa voix point ne chevrote.
C'est d'un poignet bouillant qu'il sait, quand il le faut,
Sous sa barbiche en croc laçer sa bourguignotte.

Pour la Sainte Union quand il monte à l'assaut,
Ou que, par les chemins, son fier courtaud brun trotte,
Plus hautain que Roland et plus froid que Nassau,
Il met tranquillement les crânes en compote.

Ce qui n'empêche point que, dans la capitale,
Il n'est mignon musqué de grâce plus fatale
Que ce vicomte en fer, quand il est de loisir.

Entre Hercule amoureux, filant aux pieds d'Omphale,
Et l'archer sans merci des bords du lac Stymphale,
Le vicomte, avisé, n'a pas daigné choisir.

UN FAIT-DIVERS

Don Camacho de Rul, le chef des bandouliers,
S'en revient, escorté de mille genetaires,
Et le lourd escadron fait, au long des halliers,
Chatoyer l'or massif de ses clairs cimeterres.

Le sang noirci se caille aux éperons souillés.
Sur le torse trapu de l'âpre condottiere
Tintent, en grelots secs, les perles des colliers
Et les joyaux épars sur son harnais de guerre.

C'est qu'au fil des sentiers noirs de la Morena,
Don Rul tira sa dague neuve et l'étrenna
Sur un cent de bandits toscans cherchant fortune.

Et, dans le val très creux qu'on nomme Altabiça,
Un monceau de corps morts, certain soir, se dressa,
Dont l'horreur fit hurler les chiens au clair de lune.

GOUTER SEIZIÈME SIÈCLE

Elle a pris, dans l'étui d'ivoire fuselé,
La mignonne cuiller de vieil or ciselé,
Et, d'un geste félin de ses mains diaphanes,
La plonge en un soüef glacis de melosanes.

La confiture vient de l'évêque de Vannes
Qui l'acquit, à Milan, d'un juif assez pelé.
L'assiette est pur cristal de Murano — Tavannes
L'eut pour quatorze écus et ne fut pas volé.

Voici qu'au seuil du parc, pitaux et malchanceux
Regardent tour à tour de leurs yeux convoiteux,
Le régal et la robe lourde, en damas paille.

La blonde châtelaine est bénigne au vilain,
Et les testons vont choir, de l'aumônière main
Dans le coin où clabaude une obscure herpaille.

DÉPLAISANTE EFFIGIE

Sous le tortil, gemmé d'améthystes aigües,
Et givré d'un grésil de perles, ses cheveux
Roulent, volute d'or crespelé, sur des yeux
Dont la vasque s'emplit de lueurs ambigües.

A ce regard d'enfant cruel et cauteleux
Jaillissant d'un visage aux lignes exigües,
Tout le passé d'astuce et d'horreur des aïeux
Irise ses poignards et moire ses cigües.

Malgré son grêle bras, son teint d'ocre pâli,
Bien que d'un sang tardif et d'un corps avili,
Le gaillard est plus souple et nerveux qu'un chat maigre.

Tel j'ai, dans l'émail dur, coulé Gil d'Alcandal,
Qui sèche, adolescent sinistre et féodal,
En un manoir caduc, sur les bords de la Sègre.

AVRIL D'HISTOIRE

Un jour, étant à Blois, sous une fraîche pluie,
Les pieds dans le ruisseau devant l'hôtel d'Alluye,
Je regardais, au fond du ciel couleur de fer,
Un fol soleil de mars poignarder d'un éclair
Les faîtes outragés de la vieille demeure.
Tendre était le reflet, et musicale l'heure.
Un beffroi suranné toussait, clair et cassé,
Dans un tourbillon d'eau, par le vent d'est froissé,
Et son appel vieillot, glissant sur la vallée,
Se noyait aux embruns d'une aigre giboulée.
Des bourrasques broyaient, en leurs larges tressauts,
Les flèches d'argent pur, rayant l'espace à flots.

II.

Une lueur saignait sur les plaines voilées.
L'air était embaumé des paroles ailées
Que sèment l'eau du ciel, la brise et les clochers.
L'ondée était joyeuse, et les passants fâchés.
La Loire, frissonnant au vol glacé des bises,
Allongeait sa paresse en houles indécises,
Et les profils aigus des courts pignons blésois
Montaient en s'étageant vers les nuages froids.

Captive aux flancs brunis des pierres, aux blessures
Des frises, effrangeant, le long du mur lassé,
L'ourlet aérien de leurs mièvres sculptures,
La magie enlaçante et douce du passé
Emergeait lentement de sa prison de marbre.
Elle croissait, dans l'air charmé, comme un grand arbre
Eployant l'éventail de ses rameaux meurtris
Dont les frondaisons d'or chantent au vent du rêve........
Tel, effarant dans l'ombre un peuple de souris,
Le prince de Perrault brisait la morne trêve
Qu'un siècle de sommeil avait scellée aux yeux
Des serviteurs de la Beauté mystérieuse.
Et je vous vis alors apparaître tous deux,
Françoise d'Halluin, tragique et douloureuse,
Portant le poids mortel de son amour déçu,
Et toi, gai Florimond, poète un peu pansu,
Malgré cette disgrâce apte au pourchas des belles,
Riant bénin, en ta moustache au croc doré,

Et dont les vifs propos et les tendres prunelles
Rajeunirent ce cœur, d'angoisse dévoré.......
Oh! ces regards, profonds et purs comme des urnes,
Que laisse sur ton front couler, cher séducteur,
L'orgueil patricien de ses yeux taciturnes,
Qui dira leur caresse et leur molle lenteur?
Lorsque la volonté du vieux Montmorency
Laissait, sur son bonheur, choir sa poigne de bronze,
Et que, dans cet étau, son cœur criait merci
Ainsi que les captifs du cruel Louis Onze
Dans l'étreinte de fer des *fillettes* du roi,
Pouvait-elle espérer, la douce abandonnée,
Qu'un jour, ta pitié, qui lui rendait la foi,
Effacerait l'ombre où croulait sa destinée?.......

Or, tandis que tous deux, étroitement pressés
Entre le meneau svelte et le large chambranle,
Splendides et charmants en leurs atours passés,
Me regardaient, la rue au loin vibra d'un branle,
Et soudain, au détour du carrefour prochain,
De vingt reîtres massifs les grêles pertuisanes
Buissonnèrent. Masquant de morions d'airain
Le rude poil doré de leurs tudesques crânes,
Tels de sombres ragots débûchant du taillis,
Les argoulets camards battaient le pavé triste
Et marchaient lentement dans le soir d'améthyste,
Non sans quelques haros et quelque chamaillis.

Derrière eux, six courtauds d'assez gaillarde allure
Portaient des cavaliers de plus fine encolure.
L'un d'eux n'était rien moins que le duc de Nemours,
Paré, le mignon duc, au goût des derniers jours,
Juvénile et frisé, de morgante moustache,
Ayant encore aux dents la pourpre du grenache
Qu'il venait de sabler chez quelque libertin,
Gentil duc, harnaché de fer et de satin,
L'œil hardi, le teint clair et la fraise empesée.
A son flanc s'allongeait la figure blasée
Du somptueux marquis de Fronsac, Saint-André,
Fin visage, posé sur un torse carré,
Athlète de salon et soldat de parade,
Mais joûteur sérieux et ferme à l'algarade,
Vêtu de velours gris et de toile d'argent,
Coiffé d'un toquet bleu que surmonte, ombrageant
Son fier profil, noyé d'une barbe légère,
La plume d'un oiseau rapporté d'Angleterre.
Les perles, de son cou, pendent à triple rang.
Sa ceinture se clôt d'un rubis transparent.
Il a la main petite et de contour ovale,
Avec un trèfle d'or brodé sur son gant pâle,
Et sourit, en parlant à l'un de ses neveux,
Qui l'écoute gaîment et dont les doigts nerveux
Font le geste distrait de pincer une corde,
En taquinant l'étui de sa miséricorde.
Voici venir plus loin deux larges sénéchaux
Faisant plier sous eux le jarret des chevaux,

En leurs pourpoints de buffle et leurs chausses de serge,
Faces d'archers sans fiel et dont l'âme n'héberge
Aucun désir secret du jeu de courtisan,
Poignets de forgeron et fleur d'arrière-ban.
Entre eux va cheminant le sieur de Vieilleville,
Gentilhomme courtois et de faconde habile,
La dague vive et le bras sec, mais haut de cœur,
Vase fruste, emmurant une rare liqueur.
Tous ces seigneurs vont l'amble lente et nonchalante,
D'Apchon n'écoutant point ce que Nemours lui chante,
Et Vieilleville, avec son œil de vieux faucon,
Apercevant au loin la dame du balcon,
Gravement, ôte son couvre-chef à panache,
Et d'un doigt machinal redresse sa moustache.
Bientôt la troupe entière est près des amoureux.
On fait assaut de grâce et de langues accortes,
Et c'était un plaisir aimable et douloureux
De voir des rires clairs fleurir ces lèvres mortes,
Et d'ouïr, comme au bruit de flots lointains bercé,
A travers les façons discrètes du passé,
Brise d'avril jouant dans un chœur de corolles,
La musique menue et fraîche des paroles..........

A l'horizon pourtant, furieux et lassé,
Le soleil descendait, comme un lion blessé
Qui, souillant d'un sang noir le fer des javelines,
S'en vient mourir sans gloire au revers des collines.

Vapeur filtrant de quelque invisible encensoir,
La nuit errait, au bord des cieux vagues du soir.......
L'astre, alors, en sa vaine et coutumière lutte,
Disputa, pour un temps, le moment de sa chute,
Et le gueux, en sombrant, emporta sans façon,
Les chers causeurs d'antan dans son dernier rayon.
Seul, le couple amoureux fit quelque résistance,
Et voulut prolonger sa timide existence.
Mais, malgré ses efforts, le pacte était brisé.....
Dans le halo mourant du jour amenuisé,
On vit soudain, des silhouettes enlacées
Se fondre doucement les lignes effacées........

FEUILLE D'AUTOMNE

Ma tristesse se grise à suivre ce chemin
Où l'automne expirant fait son lit de parade
Des ors roussis, des ors jaunis et du carmin
Qu'au vent, leur susurrant la suprême ballade,

Ont jeté, don stérile et fait à large main,
Pour prix de sa fragile et triste sérénade,
Les rameaux, déjà mûrs aux fleurs du lendemain.
La grâce de leur mort rit à mon cœur malade,

Et — non sans que tressaille un peu ce cœur blessé —
Ma songerie, émue et grave, au front baissé,
Cherche à revoir la plage aride du passé,

Où, lutteurs savourant la caresse des trêves,
Captifs du chant royal de la brise des grèves,
Sommeillent sans honneur les meilleurs de mes rêves.

PRÉCURSEURS

Par un ciel mince, au flux des heures lumineuses,
Dans la sérénité paresseuse des champs,
Nos rêves, à pas lents, vont, subtiles glaneuses,
Cueillir l'image d'or en leurs tabliers blancs.

Laissant traîner nonchalamment, au front des fleurs,
La caresse du vol de leurs robes d'opale,
Leur pas creuse un sillage aux dolentes blancheurs,
Comme un rayon de lune endormi sur l'eau pâle.

Leur caprice sourit à toute pureté,
Lys, âme d'enfant, source ou neiges éternelles :
Leur cœur se cabre à tout amour sans vérité.
La strophe, à leur ciseau de gloire, a pris des ailes.

Plus haut que le cri lourd des peuples en émoi,
Que le fracas de l'or ou le fracas des lances,
Hors de l'obsession énervante du moi,
Plane l'ombre sans lieu de leurs divins silences.

Et, doux avant-coureurs des ères sans soupirs,
Ils conduisent l'hiératique chevauchée
Qui précède notre âme au seuil des avenirs
Où, dans l'oubli des temps, elle sera couchée.....

PRÈS DE LA GARE

Ciel de calme et nuit bleue — Une émeute d'oiseaux
Se rue, à cris pressés, vers le haut d'un portique,
Et l'on voit, au fond du jardin mélancolique,
Deux grands cygnes de marbre endormis sur les eaux.

La lune, en glaives clairs, aiguise les roseaux
Et met au vieux portail sa blanche dalmatique.
Des fleurs pâles émane une senteur mystique.
Et pourtant — à deux pas — court l'express de Bordeaux.

Toujours hurle la vie autour de la pensée.
Le rêve, oasis tendre où notre âme froissée
Peine à se feindre un ciel d'amour et de beauté,

Est cerclé des cactus de la réalité.
La nuit, fief du poète et des âmes plaintives,
Est faite, hélas! aussi pour les locomotives.

RENAISSANCE

L'AIR est clair et le ciel est d'un bleu de missel.
Caressant les degrés de pierre tourangelle
Où la patine d'or des ans a mis son scel
Le Cher vient s'appuyer à leur blanche margelle.

Les perrons évasés, par le fleuve lavés,
Sont chargés du brocart des robes éclatantes
Et du lourd lampas d'or des pourpoints à crevés.
Sur le fleuve, le long écran soyeux des tentes

Verse une ombre pourprée aux hôtes d'un bateau
Tel que l'on n'a point vu de semblable galère
Flotter jusqu'à présent en cet embarcadère.
Des Turcs ou des Maltais ce n'est pas un vaisseau,

Ni quelque brigantin, gribenne, hourgue ou carraque,
Mais une fine nef indoue, aux flancs de laque
Décorés de griffons mordorés, don royal
Que fit à Henri Deux Jean Trois de Portugal.

Madame de Brissac et le duc de Nevers
Promènent, en causant, leurs pas distraits sur l'herbe,
Et voici Saint-André, toujours mièvre et superbe,
En justaucorps de satin fauve à rubans verts.

— « Venez çà, Monseigneur, nous guider sur les flots! »
Crie, au grave amiral, Limeuil, la tant moqueuse.
Et Brusquet, secouant sa marotte à grelots :
— « Bel amiral d'eau douce, il la faut rendre heureuse! »

— « Si l'on nous noie, au moins que ce soit... d'Andelot! »
Fait Mendoza, railleur, en raclant sa guitare.
— « Oh! oh! » dit d'Andelot, « voici du jeu de mot! »
« L'aurais-tu rapporté, celui-ci, de Ferrare? »

— « Ferrare? Me prends-tu, mon cher, pour un... Marot? »
« Je ne mets pas le pied en terre huguenote! »
D'Andelot, sans répondre, entre dans le canot,
Et le fragile esquif bientôt en pleine eau flotte.

Et l'on entend au loin, tandis que la nacelle
Glisse sans bruit aux murs de marbre du palais,
Couchés comme carlins aux pieds de leur cruelle
Deux pages amoureux chanter des virelais.........

TRYPTIQUE

VOLET DE DROITE

FIÈRE harpe d'ivoire ancien, aux cordes mâles,
Gloire à ta conscience, ô vieux Lucas Cranach,
Qui donnas à tes saints des yeux purs comme un lac,
Et d'un contour serré limitas leurs chairs pâles...

CENTRUM

Rembrandt? Eh! mais, Rembrandt se meurt de la Hollande.
C'est une âme lyrique et complexe, voulant
Dénouer son génie en libre sarabande
Chez un peuple buveur, richard et d'esprit lent.

III.

Ils sont tous protestants, de drap sombre vêtus,
Marchands, républicains, municipaux, confrères.
Bedaine, consistoire et pataudes vertus,
De la brumeuse gent tels sont les caractères.

Mais toi, qui, malgré tout, fus fils de la lumière,
Et dont l'âme en tourment saigna de l'art cherché,
Loin des coffres d'écus et des ruisseaux de bière,
Monte l'élan vainqueur de ton rêve ébauché.

Oui, Rembrandt. Parmi tous ces syndics ridicules
Dont Hals lui-même n'est que l'habile valet,
Tu te dresses, bien seul, ainsi qu'aux crépuscules
Une tour de vieil or sur le ciel violet.....

VOLET DE GAUCHE

Dans tes sévères mains de calme forgeron
Sachant ouvrer, au fond d'une page mystique,
Des fleurs d'amour et des caresses de cantique,
Ton pinceau vaut, Metsys, un glaive de baron.......

LE DERNIER RÉACTIONNAIRE

Contre le temps fragile et la foule sans dieux,
Erigeant son mépris comme une tour d'ivoire,
L'âpre duc Job, de l'œil ne sonde que les cieux,
Et ne sait du passé que les heures de gloire.

Corps d'aïeul, que recouvre un pan de sombre moire,
Une étrange lueur ceint son chef soucieux,
Car le vieillard entend, dans la nuit de l'histoire,
L'hallali de nos jours étroits et vicieux.

Sur l'inepte progrès et sur son tintammarre
Flotte le dédain net de sa haute simarre.
Son désespoir géant mesure le péril.

Sa lèvre fuit le miel menteur de la victoire,
Car, dardant sur son front deux yeux de froid béryl,
Le crotale avenir lui tend sa gueule noire.

AUX NUÉES IMPASSIBLES

Un jour d'été de la pesante année 1893.

Lourds ouragans noirs, clos
En de vagues sacs flasques,
Quand verrons-nous de vos
Bourrasques?

Quand donc verrons-nous les
Grêlons aux bonds fantasques
Faire dans nos vergers
Leurs frasques

Ainsi qu'un essain blanc
De pierrots bergamasques,
Qui jettent en riant,
Leurs masques?

Nuages qui mettez
A nos monts d'épais casques,
Ouvrez donc sur nos nez
Vos vasques!

TRISTESSE D'UN VIEUX POÈTE

THUL-KHERTZIS, le poète aux regards douloureux,
En de clairs vers, pareils à de souples aiguières,
— Tel un baume saigné par des cèdres très vieux —
A clos le miel dolent de ses angoisses fières.

Le chant de son buccin était frère des aigles,
Et montait dans l'azur, de splendeur empenné.....
Son glaive vierge a vu, sous la lime des règles,
Son acier s'avilir, comme un roi détrôné.

Le maître forgeron, contraint aux ciselures,
Sent son âme d'athlète en deuil, et sur les bords
De ses yeux, des pleurs ont mis leurs lentes brûlures.
Il regarde la plaine où ses clairons sont morts.

III*

Prisonnier du rythme et de la forme rare,
Son large effort se glace entre ces murs étroits,
Et la strophe s'endort sur cette lèvre avare
Où clamèrent tant de lyrismes, autrefois.

Le grand captif, sevré du rêve des vieux âges,
Gardant ses souvenirs en leurs robes de lys,
N'ose plus évoquer des images de images
Dans les champs de palmiers où fut Persépolis.

Car tout doit plier sous le symbole rigide
Qu'un art sobre et superbe habille en vers d'airain,
Et le symbole à tout néant est une égide.
Symbole, qu'aujourd'hui soit suivi de demain,

Symbole, le silence, et symbole, la mort;
Symbole, le lever du soleil, et symbole
Son coucher. — Le symbole est un immense port
Où tout vaisseau vient arborer sa banderole.

Or, le vaisseau, chacun le sait, est un symbole.
Le symbole nous suit, ici-bas, pas à pas.
Le procédé, naïf, ne vaut pas une obole.
Prêter des sens cachés à ce qui n'en a pas,

Voilà tout le secret de ces graves éphèbes,
Ouvrant, avec de longs gestes de nécromants,
Les cent portes sacerdotales de leur Thèbes,
Sur un vaste désert dont ils sont les amants......

SOLITUDO

Au fond du parc, sous les ramures anciennes,
Dans un coin de clarté tranquille, au pied d'un mont
Qu'effleure le bal des brises musiciennes,
La vasque d'un étang plaque son disque blond.

Vers le marbre effrité de sa margelle en deuil,
Qu'enlace le baiser tremblant des vignes vierges,
Vingt sentiers ont tourné leur sinueux accueil,
Et la blancheur des lys monte en gerbe de cierges

Vers les massifs voilés par les charmilles, qui
A ces lueurs de fleurs font des chapelles d'ombre,
Où le soleil, filtrant en rayons d'or bruni,
Allume des orfrois sous le feuillage sombre.

Le vent grave halète en orgue dans les hauts,
Dans les très hauts rameaux, légers comme du tulle.
Par les gazons, brodés d'iris épiscopaux,
L'oraison des gramens en vague longue ondule.

C'est là, fuyant le monde, inconscient bourreau,
Que je vais, quand le cri des foules m'importune,
Souvent m'étendre, au ras des herbes, près de l'eau,
Et me mets à pleurer sur ma douce infortune.

Je suis un pèlerin, au front couvert de cendre,
Suzerain inconnu d'une terre d'oubli.
Dans mon royaume éteint, l'azur n'a pas un pli,
Et seul, à mes regrets, son froid sommeil est tendre.

Comme un vol d'aigles noirs dans le ciel désolé,
Ils s'en vont vers la terre auguste et très lointaine
Ou de ma mie, au temps jadis, s'est envolé
Le visage léger au cher profil de reine.

Ils s'en vont, et leur fuite éperdue et ravie
Se dissipe à travers les brumes du couchant.........
Ils erreront ainsi pendant toute leur vie
Car mon rêve est si pur qu'on meurt en y touchant.....

AQUARELLE VÉNITIENNE

Trévisan, qui sculpta des tiercets à Vénus,
Est un de ces guetteurs de rêve saugrenus
Que l'on rencontre, usant leurs doigts, noirs maniaques,
A griffer les nerfs d'or de guzlas bosniaques.

Il se plaît à hanter les quartiers méconnus
Ou bien à contempler les Maltais aux pieds nus
Et les Orientaux, dont les sveltes carraques
Viennent aux Esclavons verser leurs sandaraques.

Ce n'est point, toutefois, qu'il ait cœur de nocher.
Il néglige la mer, quand il voit se pencher
Au balcon ciselé la fauve dogaresse.

Et ce batteur d'estrade a l'infâme beauté
Qu'au front de dieux jumeaux cloua l'antiquité,
Dioscures qu'on nomme l'Art et la Paresse.

AQUARELLE FLAMANDE

Aux murs noircis où sa clarté de fête glisse,
L'ambre d'un soleil doux pare l'étroit courtil.
Karel peine à sertir les gemmes d'un calice
Qu'à coups précis et drus guilloche son outil.

Il voudrait sur le fût d'or clair, pieux caprice,
D'une orante en extase ériger le profil
Et mettre en ses doigts fins la coupe de délice,
Mais sa pensée est lourde et son rêve en exil.

Pourtant, aux croisillons obscurs du béguinage
De sœur Paule a passé le frêle et pur visage
Avec ses yeux géants qu'un peu d'ombre voilait.

A peine a-t-il levé les yeux vers la fenêtre
Qu'un sourire fleurit la barbe du vieux maître.
Karel a découvert l'ange qu'il appelait.

AQUARELLE ALEXANDRINE

Au faîte des crêneaux suprêmes de la tour
Qui monte vers l'azur, toute blanche de lune,
Sur un long bouclier, sans faste et sans atour,
Démétrios, seul, songe à sa male fortune.

Dans le ciel, sigillé d'astres calmes, le vent
N'ose donner l'essor à sa limpide phrase,
Et la nef d'Artémis, en cette nuit d'extase,
Au profond de l'éther chemine lentement.

Le roi vaincu, pareil aux sphinx de bronze noir
Dont l'œil d'ombre se creuse au seuil des Thébaïdes,
Dans l'immobilité somptueuse du soir
Prend la sombre beauté qu'ont les cariatides.

Nul ne peut exprimer, sous le ciel, où la sœur
De Phoïbos promène en riant sa faucille,
Avec quelle superbe et sereine douceur
Le clair de lune dort sur la plaine tranquille.

La déesse nocturne incline, pour mieux voir,
Vers le chef endormi sa lampe d'or fragile,
Et des esprits errants l'invisible vigile
Sur son front désolé verse en baume l'espoir...

VISION

Je dormais, au fronton d'une sombre moraine,
Quand à mes yeux, torrent de pourpre et de soleil,
De roses, à payer la rançon d'une reine,
L'ogive du ravin soudain se trouva pleine.

Le val vertigineux se creusait, et, sereine,
Telle, en un grand vaisseau, la mer qui se déchaîne,
Leur croissante splendeur, enflant son flot vermeil,
Emplissait lentement cette immense carène.

De la foule des fleurs, en la gorge pressée,
S'élevait un parfum de gloire et de pensée,
Quelque chose d'ému, d'étrange et de puissant,

Car ces roses de neige et ces roses de sang,
Ces roses d'or léger et ces roses en flammes,
Car ces roses étaient des âmes.

IIII.

BRISSAC

Sur le champ d'émail bleu d'un grand plat de Limoges,
Je voudrais incruster, ô Charles de Cossé,
Une image de toi, sertie en lacs d'éloges
Inscrits sur des pennons couleur d'ocre foncé.

Un collier de rubis, dans la pâte enchâssé,
Ceindrait le médaillon, ainsi qu'aux eucologes
Le filet rouge autour des *Oremus* tracé,
D'une pourpre pareille au ton des vieilles toges.

Le tout, de ci, de là, d'or fauve rehaussé,
Pourrait, s'il n'était point dans le palais des Doges,
Contre un mur florentin être assez haut placé.

Rome même eût aimé, dans ce portrait glacé,
Bien qu'il ne fût point fait par le peintre des Loges,
L'âme du grand soldat dormant dans le passé.

LE MANUSCRIT

La main du vieil ermite est suave et discrète.
Le pinceau, lourd de sucs, chemine avec lenteur,
Et l'or, au nimbe étroit d'un visage d'ascète,
Se courbe et resplendit sur un couppeau d'azur.

Dans son cadre de lys la rubrique est parfaite
La lettre est de jet franc, ton sobre, profil pur,
Et Saint-Antoine, avec sa barbe de prophète,
A grand air, à genoux, plus bas, sur un roc dur.

Dom Maurice est content. Il sourit dans sa stalle,
Et l'ivoire noueux de sa main monacale
Fait bruire, à coups brefs, le vélin sous ses doigts.

Mais soudain, effrayé de sa courte faiblesse,
Il tressaille, et sa main de reclus en liesse
Clôt l'in-quarto, puis fait le signe de la croix.

AU VENT DE LA NUIT

Au creux de l'horizon quand le soleil a fui.
Couché dans les gênets d'une crête perdue,
J'entends sourdre les sourds complots qu'ourdit la nuit,
Et le vent haleter au loin dans l'étendue.

Sur les arbres profonds où le jour froid s'éteint,
Sa houle se déroule et roule à larges ondes.....
Une lueur d'étain plane au ciel incertain,
Et la brume monte à l'assaut des cimes blondes.

Impalpable enchanteur, fait de rêve et de bruit,
Une terreur grandit au fond de nos poitrines,
Vent du soir, quand notre âme attentive poursuit
Tes pas mystérieux à travers les collines.

Dans l'ombre qui s'emplit d'un solennel effroi,
Un monde vient d'éclore à ton souffle tragique,
Et la nuit où frémit mon être en désarroi,
N'est plus qu'un océan de silence magique.

Un peuple indéfini de formes sans contours
Sort des chênes de la forêt transfigurée.
Leur foule est, sans répit, de mobiles atours
Par la noble Chimère aux doigts tristes parée.

Oh ! quel frisson m'étreint, quand, dans l'éloignement,
Aux replis ténébreux des brandes reculées,
La sombre voix du vent prolonge lentement
Le sanglot de son chant de mort sur les vallées !

Nourrice d'épouvante et de pressentiment,
Voix vague qui s'égrène et traîne en râles mornes,
Ta sinistre beauté m'envahit doucement
D'une ineffable joie et d'un émoi sans bornes.

Ta trompe rauque aux bois jette ses appels lourds,
Chasseur noir, qui t'enfuis sous leurs arceaux gothiques,
Et mon oreille entend retentir les détours
De leurs sentiers déserts sous tes pieds prophétiques.

Roi de la nuit, drapé dans ta noire pensée,
Qui gravis, l'œil baissé, la pente du coteau,
Chemine au vol de ta rafale cadencée !
L'avenir dort aux plis obscurs de ton manteau.

Semeur d'espoir, semeur d'amour, semeur de rêve,
Harpe grise qui pleure aux lointains de la mer,
Et clair alto, sonnant en majeur sur la grève,
Voix des foules, voix du sommeil, voix du désert,

Cantilène en cristal de la fée aux présages,
Murmures du passé, paroles de velours,
Qui, jadis, ont coulé sur les lèvres des sages,
O vent, dis-moi le mot de l'énigme des jours !

LA MORT DE ROLAND

Roland chevauche au vif de l'épaisse mêlée
Ou va s'émiettant, sa cuirasse fêlée.
Veillantif, que sa main presse en le caressant,
Trace, dans cette houle, un sillon menaçant,

Et, noyée en son poing comme en un bloc de marbre,
Durandal s'en va mordre, au cœur des rangs casqués,
Ainsi qu'une cognée aux rameaux d'un grand arbre,
Satrapes au poil roux, émirs au nez busqués,

Dont les heaumes d'or fin, jusqu'au nasal fendus,
Gardent un sang vermeil sur leurs cimiers tordus.
Sa vie, hors de son corps, ruisselle en pourpre chaude,
Et Roland ne fait que songer à la belle Aude.

Charlemagne est bien loin, au fond de ses pensers,
Quand il fauche les pairs et découd les califes.
Ce n'est point lui qu'il voit au travers des rochers
Où les Vascons félons ont inséré leurs griffes.

Son âme est par delà cette mer de carnage.
Il y tremble comme un reflet du paradis.
A quoi bon l'héroïque et stérile courage
Qu'il met à décimer tous ces païens maudits ?

Car l'Empereur, là-bas, de blandices bercé
Par Ganelon, le fourbe aux paroles exquises,
Ne peut plus même ouïr l'appel d'oiseau blessé
Que clame l'olifant, au creux des roches bises.

Le bras du preux à bien férir plus n'est idoine.
Au déclin du soleil ses coups deviennent lourds.
Entre les hauts perrons d'onyx et de sardoine
Le val creuse un pertuis d'or fauve et de velours.

Qu'importe au paladin que son bras soit vainqueur
Puisqu'il pressent qu'avant un mois, sa bien-aimée,
Sous un émoi trop dur à son fragile cœur
Aux bras de l'Empereur retombera, pâmée ?

Son désir vole au messager d'azur vêtu,
Qui va venir, sur sa poitrine à mort frappée,
Sœurs de fierté, fleur double au parfum de vertu,
Cueillir son âme claire et sa loyale épée.

TRISTESSE

Si ta voix est trop douce au gré de ma tristesse,
Si tes yeux, chastes fleurs de tendre volonté,
Me sont une trop calme et sombre volupté,
Qu'ils m'épargnent, ces yeux, leur fluide caresse.

Si de la mer qui pleure, immense, à mon côté,
La rêverie en moi fait couler sa paresse,
Et, noyant de sa paix mon cœur gros de détresse,
Ouvre aux vœux de jadis un sentier enchanté,

Accours, et laisse alors, cruel vent de la plage,
Tes rafales de sel me frapper au visage.
Qu'en un frisson viril s'éveille mon courage,

Car mon mal est si noir qu'il ne saurait guérir
Je veux garder entier son âpre souvenir,
Et c'est la flèche au flanc que je prétends mourir.

SENTINELLE PERDUE

Dans les genêts mouillés, tout au sommet du mont,
L'aube, en pleurs de cristal, neige dans le ciel pâle.
Le matin, secoué d'un immense frisson,
De la nuit sous ses pas éteint le dernier râle.

Sur le mol profil gris du flottant horizon
Qu'un limpide halo, fait de pourpre aurorale,
Poudre de rose clair, de blanc vif et d'or blond,
Un fantassin se meurt d'angoisse et de fringale.

Car, dans le désarroi d'un cœur épouvanté,
Par les terreurs de l'ombre et du lointain hanté,
Il a passé la nuit sur le haut promontoire.

Va ! bois tout le néant de ton rôle emprunté,
Caillou par le char d'or du conquérant heurté,
Ame d'homme, muée en parcelle de gloire !

AUBE

Il semble que la plaine au loin soit sous les eaux,
Car, sur les prés déserts, dorment des lacs de brume
Où les arbres, plongeant l'orgueil de leurs rameaux,
Aiguisent en caps fins leurs lignes..... Le sol fume.

Bien qu'il ait la couleur de l'aile des corbeaux,
Le ciel est plus limpide, encor, que de coutume.
Le soleil jà blondit aux crêtes des coteaux.
Dans une heure, le jour luira, je le présume.

Tout dort le pur sommeil, précurseur des aurores.
Au fond des bois calmés, les Mabs et les Lénores
Aux pointes des gramens glissent, sans les froisser.

Le voile d'une paix candide et très profonde
Etale son ampleur sur la machine ronde,
Et le silence est tel que l'on s'entend penser.

SHAKESPEARE

CHANTEUR au large front, magnanime Shakespeare,
J'ai voulu, parcourant l'orbe de ton empire,
Me tailler, frêle gars au débile couteau,
Dans ton ombre géante, un modeste manteau.

Car toi seul, à mon sens, connus toute la lyre,
Et passant, d'un cœur droit, des larmes au sourire,
Vis que l'humanité, ce brutal vermisseau,
Va du rêve à la fange et du ciel au ruisseau.

L'homme est un long torrent de boueuses pensées,
Dont ravive parfois les ondes encrassées
Le cristal passager du flot d'une vertu.

Ange souvent, mais porc à donner des nausées,
Son hymne, par instants, se déflore en risées...
Ici, poutre de chêne : ailleurs, simple fétu.

PLUS DE BELGERIES !

Dieu, qui vous fit légère et tendre, ô mon Hélène,
Vous mit dans la poitrine un cœur de porcelaine,
Qui, pour un rien, souvent, frémit à se briser.
Mais, pour le raffermir, il suffit d'un baiser.

Vous êtes d'un sens droit et d'une âme certaine,
Et, sous vos cheveux bruns où rit la marjolaine,
Le chant de vos yeux noirs sait mieux nous apaiser
Que ce Wagner, dont on commence à se blaser.

Vous n'avez rien d'Elsa, jeune fille inapprise.
C'est tout un rêve neuf que votre douce guise.
L'inventeur breveté d'une poupée en zinc,

Mæterlinck, de *Maleine* ineffable Edelinck,
N'a pas su vous prévoir, chère marionnette,
Car vous êtes le vrai, mais non pas la sornette.

v

LA POÉSIE

Elle est fille de l'âme et vit de son mystère.
Le seul recueillement peut grandir ses élus.
Ceux qui l'aiment n'ont point fait le tour de la terre.
Elle dort aux feuillets de livres cent fois lus,

Dans le soleil, magicien de l'aube claire,
Qui met sa poudre rose aux grands bois chevelus,
Perdus au fil d'un ciel de lumière légère,
Où tremble le cristal lointain d'un angelus,

Dans le rêve qu'entrouvre un sourire de femme,
Dans le missel usé de quelque haute dame,
Dans le profil d'une médaille à fleur de coin.

Mais, malgré les encens, les parfums et les mannes
Qu'ils versent sur ton front, elle n'habite point
Ton Olympe en carton, ô Puvis de Chavannes !

PRÉFÉRENCES

Quand tous les pèlerins de la tour d'Elseneur
— L'essaim en est compact, au temps flasque où nous sommes —
Me traiteraient d'enfant, de fol, de bateleur,
Je tiens les décadents pour d'assez piètres gnômes.

Quant au symbole, allez quérir autre sonneur !
Mon buccin est trop net pour vous, mes gentilhommes.
Pourquoi donc Mikhaël eut-il l'étrange erreur
D'aller, en ce jardin, cueillir un cent de pommes ?

Mallarmé, Moréas et Ghil, c'est de la blague.
Soyez ce qu'il vous plaît, mais ne soyez pas vague.
Tous les genres sont bons, hormis le cornichon.

Laissez-moi demeurer, bélitre hérédiesque,
En extase devant une belle arabesque
Dont la spirale d'or étrangle un cabochon.

DÉCLARATION D'AMOUR DE SARA A AXEL

(Voir l'ineffable drame de l'ineffable Villiers de l'Isle-Adam)

Viens, Axel, mon mignon, viens! — Montons en droski.
Glob-trottons hardiment, car le spleen nous assiège.
Te plaîrait-il franchir le grau de la Franqui,
Voir Jerez, Concarneau, Merthyr-Tydvil, que sais-je?

Un ciel de satin bleu dort sur Nagasaki.
Viens. Le Kasbek est tel qu'une Babel de neige.
Suivrons-nous les détours fantasques des fjords, qui
Comme des kriss malais entaillent la Norwège?

Livrons-nous à l'Auster, Axel!..... Que non?..... Que si?.....
Me suis-tu dans les flancs du blanc Cotopaxi?
Irons-nous, près d'Alep, d'un cœur terne et transi,

Boire l'amour, au fond d'une claire citerne?
Bref, pour se résumer en style de caserne,
Vivrons-nous un roman de Monsieur Jules Verne?

DESDICHADO

Loin du bruit, à l'orée exquise des jardins
Où, dolente, se vient enclore ma paresse,
Rires d'azur semés aux marbres en détresse,
Des fleurs, d'un halo bleu ceignent de vieux gradins.

La lèpre au flanc, sous les lichens, croule un meneau.
Egrènant à l'entour, ainsi qu'une caresse,
La guirlande d'amour de leur blanche jeunesse,
Des liserons discrets sonnent le renouveau.

Pour des croix en lambeaux, Mai, fragile enchanteur,
A ciselé comme un rosaire de pervenches,
Et l'encens d'une joie essore avec lenteur
Des corolles qu'on voit parer toutes les branches.

Aux brêches d'une ogive, un long volubilis
Crispe en saphirs épars son étroit diadème.
De gibbeux aloès et d'implacables lys
Me chantent ma disgrâce et les dédains que j'aime.

En ces lieux je vais seul, lorsque mon cœur est dur,
Regardant, symbolique essaim de mes misères,
Les nuages bondir en un ciel de colères,
Humer, cigare ami, ton rêve au pied d'un mur.

Dans un pan de soleil qu'étreignent deux cyprès
(Tel mon destin), je vois au loin vibrer la moire
D'une mer aux splendeurs vaines comme ma gloire
Et dont les flots sont moins amers que mes regrets.

Mon espoir, se berçant aux lames en rumeur,
Mirait son firmament en leur claire émeraude.....
Tout ne fut que folie et tout ne fut que fraude,
Et mon deuil, à présent, emprunte leur clameur.

L'amour est mort, les flots sont noirs, le jour s'efface.
Il n'est plus dans mon cœur qu'humble recueillement.
L'ombre des cieux fermés a passé sur ma face
Et voici que la nuit s'approche lentement.....

A LA DIXIEME MUSE

Muse aux mamelles d'or où je n'ai point teté,
Toi que j'ai tant suivie, ô NOTORIÉTÉ,
Caniche à niche chiche et de riche hémistiche,
Je te lime un sonnet au fond d'une potiche.

Je voudrais, à mon tour un peu mordre à la miche.
Les gens que ton caprice a sacrés sont..... bourriche.
O muse des badauds, qu'importe à ta bonté
Qu'un mollusque de plus au tas soit ajouté ?

Tu n'écarteras pas ce modeste bivalve
Ecaillère sans cœur ! Veux-tu donc qu'une salve
De propos discourtois isse de mon gosier ?

La rose restera toujours sur le rosier,
Si tu sais, d'un de tes sourires de lumière,
Faire pour moi la cour à l'éditeur Lemerre.

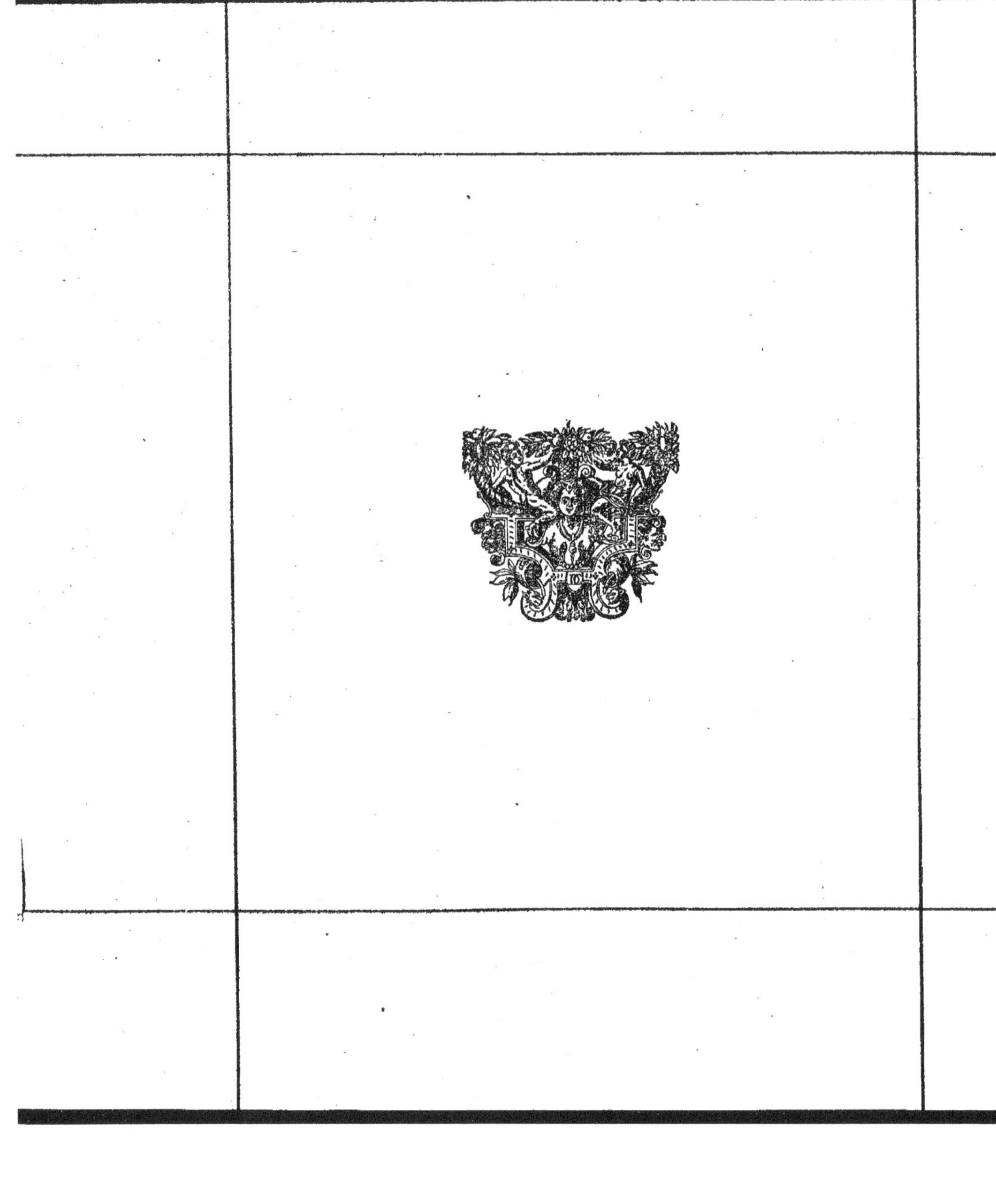

Partie de ce recueil destinée à faire la joie de quelques-uns

PRÉFACE

Vers, que ma douce manie,
A la déesse Ironie
Dédie en ce moment-ci,
Hélas! je ne sais trop si
Le public vous sera tendre
Et daignera vous comprendre.
Ainsi que tous les civets,
Vous serez — bons ou mauvais —
Jugés charmants ou stupides,
Cloches d'or ou cruches vides.
Mais moi, qui vous ai construits,
J'ai mis en vos vifs circuits,
Sans rogner sur la dépense,
Plus d'âme que l'on ne pense.

VI.

LES RÈGLES DE LHOMOND

MISES EN VERS FRANÇAIS

« ... Et j'ai pris dessein de mettre en madrigaux toute
« l'histoire romaine. »

(MOLIÈRE, *Précieuses ridicules*).

« Pour ce que le rire est le propre de l'homme. »

(RABELAIS).

I
TURBA RUIT ou RUUNT

UNE onde d'électeurs s'écoule vers la Pnyx.
Plus d'un Munychien de stature nabote,
Sur ses courts tibias se hâte, lourd bombyx,
Fuyant ton baiser rouge, ô corde du toxote!

La bouche débordant de rondelles d'onyx,
Déjà, sur le Bêma, le noir Démade ergote,
Et c'est pour tous un châtiment digne du Styx,
D'ouïr, rauque tapir, glapir ta fourbe note.

Pourtant un peuple immense afflue à cette féte.
Nê Dia! l'on peut même entrevoir un poète,
Qui, pensif, remet son ostraque au colacrète.

Huître et foule! Ames sœurs, serpents de caducée,
Flûte double, où se perd le vent de la pensée,
J'aime à vous contempler, l'une à l'autre enlacée!

II

AMBULAT IN HORTO

Entre les lys d'amour, les roses de clarté,
Qui fleurissent au pur jardin de vérité,
Par les sentiers de rêve où l'air pâli circule,
Le Voyant Trismégiste, à pas sourds, déambule.

Voici qu'au même instant, sur la route à côté,
Une obscure chanson, pauvre passant crotté,
Simple comme Nadaud, partant fort ridicule,
Célèbre gentiment un sujet de pendule.

Voyant l'enfant venir heurter, comme une buse,
Aux barreaux de cristal du cénacle gourmé,
L'auguste Mallarmé, justement alarmé,

Martelle, à coups de clef, les doigts de cette intruse,
Qui, sans plus insister, se retire confuse.
Le jardin du symbole est un jardin fermé.

III

MUSICA ME JUVAT ou DELECTAT

Dans la bruine, à l'orient du soir léger,
Voluptueusement, mon cœur s'en vient nager,
Et vibre, aux trilles fins que perle à la sourdine
La cigale, sur sa viole cristalline.

Ma fantaisie, alors, au loin va voyager,
Tandis que mon oreille a, sans se déranger,
L'enchantement d'ouïr la musique badine
Que font les rosiers clairs, le vent et la glycine.

Loin de moi, gongs, salpinx, sistres et barbitons,
Grondes, kinnors, rebecs, ocarinas, pistons,
Car vous n'êtes qu'emphase, orgie et vil tumulte.

Je préfère aux splendeurs de vos cris éclatants
Les orchestres que sont les fleurs et les autans,
Et c'est à leurs accords seuls que mon âme exulte.

IV

FELICIOR QUAM PRUDENTIOR

Los à l'enfant qui peut, dès le soleil levant,
Sentir, à son épaule en fleur, germer une aile,
Et son cœur s'élargir comme un cirque vivant
Et dont chaque gradin est une âme nouvelle!

Il s'élance, plus haut que l'aigle et que le vent.
Octroyant à son vol leur ampleur maternelle,
Les espaces lui font parcourir en rêvant,
Les solitudes d'or de la mer éternelle.

Puis, les rayons d'en haut vont, à ce pâle Icare,
Mettre comme un sayon doré de Palikare,
Et le soleil fond la cire de son orgueil.

Il tombe, mais au ciel, qu'il menace de l'œil,
Archer d'un but de gloire, il crie, à hoquets rauques :
« Phébus a de l'esprit comme un troupeau de phoques! »

V

SOCRATES ACCUSATUS EST QUOD CORRUMPERET JUVENTUTEM

« Si tu veux de l'Hadès éviter les étreintes
« Et, d'un cœur assuré, boire au fleuve d'oubli,
« Si tu veux de l'amour respirer les fleurs saintes,
« Et que, dès ici-bas, ton front n'ait pas un pli,

« Il te faut, cher Cébès, de ces images feintes,
« De ces idoles d'or et de marbre poli
« Que l'on nomme les Dieux, déserter les enceintes,
« Et te coucher dans la vertu comme en un lit.

« Or, la vertu, Cébès, que le vulgaire ignore,
« C'est la beauté, seul Dieu que mon esprit adore.
« Pourquoi vous cachez-vous, charmant Apollodore? »

Et voilà qu'Anytos, à la parole aigüe,
Trouvant cette morale un peu plus qu'ambigüe,
Vint au vieillard disert présenter la cigüe.

VI

MIHI COLENDA EST VIRTUS

Aux pauvres hantant son portique
Jamais le noble Thraséas
N'avait, philosophe stoïque,
Donné la sportule d'un as.

Ce sénateur, en un cabas
Sordide, ainsi qu'une boutique
De Suburre, amassait un tas
De sesterces d'or authentique.

Certain matin, le jeune Perse
D'un regard pointu le transperce
Et lui dit : « Sénile coquin,

« Si ta grandeur te fait avare,
« Sois, à tout le moins, un Dieu lare,
« Pour le parti républicain. »

VII

ABUNDAT DIVITIIS, NULLA RE CARET

GRACE aux vastes brassins où ce brasseur brassait,
Il eût pu d'argent clair emplir une tartane,
Et le luxe de sa bastide surpassait
La pompe des palais de Suse et d'Ecbatane.

Quand, au front d'une enfant, un caprice passait,
D'un seul coup de crayon, il la faisait sultane.
Le chèque, de sa main, incessamment glissait,
Comme, au déclin de l'an, les feuilles d'un platane.

Il avait un sérail peuplé de Jeannetons.....
Quelles femmes, seigneurs!.... Oncques les hannetons
Ne mirent en leurs flancs leurs cruelles tarières. (1)

Vers septante ans, l'on mit ce cueilleur de doublons
Au cercueil, et l'on vit ce prince des houblons
Commencer et finir par deux sortes de bières. (2)

---

(1) NOTA. — Le peuple dit, en parlant d'une chose ou d'une personne très belle : « Elle n'est point piquée des hannetons ». Nous avons cru pouvoir paraphraser, non sans quelque élégance, cette sentence folkloriste.

(2) N'est point d'un goût parfait. (BOILEAU-DESPREAUX).

VIII

EO ROMAM, IN URBEM ITALIAE

Comm, que César fit roi du pays Atrébate,
A quitté les forêts de la Gaule Comate,
Sa maison de roseaux sur les bords du Scaldis,
Pour voir Rome, pays de pourpre et de bandits.

Le barbare, qui veut se dilater la rate,
A soif de contempler la ville scélérate,
Dont un brenn glorieux fut le maître jadis,
Et qu'il tint, comme un œuf, sous ses orteils hardis.

Du socle qu'à ses pieds fait ton ventre de verre,
Testaceus, il voit grandir l'ombre sévère
Que la nuit vengeresse épart sur le Forum.

Alors, rasséréné, l'homme pousse un fort : « Hum ! »
Car il a cru saisir — et ce qu'il en rigole ! —
La plainte des oisons au fond du Capitole.

XI

EGO NOMINOR LEO

Quand, la première fois, parmi les aromates,
Il vit Cléopatre, du marbre de sa main,
Froisser négligemment la frange des stromates,
Sait-on ce qui surprit Antoine, le Romain ?

Rouges et noirs, luisants, pareils à des tomates
Des gardes nubiens ce ne fut point l'essaim,
Ni l'esclave, donnant le poli des agates
Aux ongles de la reine, ocellés de carmin,

Ni le cèdre, épandant la lueur de mystère
De sa haute torchère
Au front d'un bœuf Apis étoilé d'un saphir.

Non. Ce fut de sentir, soudain, le mufle humide
D'un grand lion numide
Lécher peureusement ses doigts de triumvir.

X

CELLE QU'ON N'OUBLIE PAS

Au fil d'un vallon tortu de Naxos,
Un berger léger a fait, d'un vieil os,
Le fût d'une flûte.
L'éphèbe râblé que ce chenapan,
Ivre de raisin comme un œgipan,
Qui fait la culbute !

Saisi tout à coup d'un sacré vertige,
A sa lèvre rouge il porte la tige :
« Eye ! eye ! eye ! eye ! eye ! »
Dociles aux sons de ce chalumeau,
Vers les chaumes clairs du petit hameau,
Τὰ ζῶα τρεχεῖ.

XI

TENEO LUPUM AURIBUS

La fable nous a fait ce conte plein de grâce
D'Orphéus le pasteur, aux rives du Strymon,
Charmant, par des accords plus doux que le limon,
Les loups roux aux yeux fous, sur lui ruées en masse.

Nul besoin d'être sage autant que Salomon
Pour juger qu'en ce mythe un symbole a sa place.
Quiconque ne saurait en découvrir la trace,
Serait, évidemment, bête comme un saumon.

La musique des mots, comme celle des sons,
Sait retenir en nous le loup par les oreilles.
L'Art et le verbe font, sans effort, ces merveilles.

Ta règle est, pourtant, moins que nous ne le pensons,
Inflexible, ô Lhomond, car Wagner ne sut guère
Du loup de ses fervents polir le caractère !

XII

FUNGOR OFFICIO

Célimène est là-bas, ainsi que les marquis,
Elle malmène autrui comme un pays conquis,
Et voile, par instants, d'un flocon de malines,
Le sourire qui filtre entre ses lèvres fines.

Clitandre, Acaste et le flandrin lui sont acquis.
Oronte ne voit point dans quel sombre mâquis
L'entraîne son amour des grâces féminines.
Seul, Alceste n'est point la dupe de ses mines.

Les naïfs, les croyants à l'humeur ombrageuse,
Ceux qui ne font point cas d'une femme menteuse,
Les gens aux rubans verts de toutes les façons,

A ne vous rien céler, sont de pauvres garçons.
Pourquoi chérir ainsi ce monstre de blandice ?
Plaire et blesser, n'est-ce point là son grand office ?

XIII

TURPE EST MENTIRI

Pison, le vieux préteur, a, pour Flaccus, qu'il aime,
Fait dresser un festin sur le marbre rosé,
Et, devant chaque lit de convive, est posé
Un rython atourné comme un bec de trirême.

Le sol est de safran et de musc arrosé.
Sur l'amour, sur les vers, sur l'or et sur lui-même
Quand le poète, épris de sa gloire, a glosé,
Pison fait à l'esclave ouvrir l'outre suprême.

Cette outre a caressé la bosse des chameaux,
Et le sang généreux des grappes de Samos
L'emplit d'un flot profond de topaze brûlée.

« Si tu ne veux point voir mon âme désolée, »
S'écrie effrontément Horace, « ô cher Pison, »
« Laisse moi regagner, à l'instant, ma maison ! »

XIV

CLITELLAS DUM PORTEM MEAS

A feu Jules Tellier.

DONC, tu voulus vouloir gravir jusqu'au mystère,
Et t'indignas très fort à n'en rien découvrir,
En fondant au creuset du songe solitaire
Ton « moi » néant, ton moi d'orgueil, triste à mourir.

Le mot ?..... Mon pauvre enfant, une parole austère
Est péril qu'avec toi je n'eusse osé courir,
Et ton mal, cependant, venait de toi — La terre
Cesse d'être clémente à qui n'y veut souffrir.

Pourquoi donc écarter la coupe de salut ?
Pourquoi faut-il qu'en toi n'ait jamais prévalu
Le désir furieux et saint de l'Absolu ?

Que de larmes de moins ton grand cœur eut saignées !
Certitude, joyau des âmes résignées !
O le regret amer des roses dédaignées !

ORAISON FUNÈBRE DU PODESTAT

PAR LE LITTÉRATEUR ALLITÉRATEUR

La stricte analyse attesta
Dans l'intestin du podestat
Intestat,
La pâle et perfide présence
D'un poison de pleine puissance
Sur la panse.

Pressant, poussif poussah pensif,
D'un pouce poncé, mais poncif,
Son nez vif,
Le dodu docteur, à l'étique
Ethique mêlait l'esthétique,
— Tic attique —

Et disait, disert et discret:
« Ce sournois savait le secret
« Point abstrait
« De dompter les belles rebelles.
« Il était cru des plus cruelles
« Isabelles.

« Sur le vu d'un visage ouvert,
« La verve vive d'un mot vert
« Ou d'un vers,
« Et cette splendeur sculpturale
« De sa fierté fine et fatale
« De crotale. »

Joyeux Juan de Marana,
Faune que l'aqua tofana
Tôt fana,
Tu vissas le vice en Vicence,
En laissant luxure et licence,
En silence,

Mordre à mort les corps et les cœurs.
Philtres et liqueurs sont vainqueurs,
Et moqueurs,
Les maris marris ne marronnent
Plus, ni les tors tuteurs ne tonnent.
Ils entonnent,

Du galant gueux les refrains frais,
Tels de gutturaux papegais
Drus et gais,
Dédiant à ta dent bénie,
Scalpel scalpeur de l'ironie,
Son génie.

(1) Pièce évidemment contestable, mais n'est-il point permis de se grandir parfois un brin au jeu des vocables?

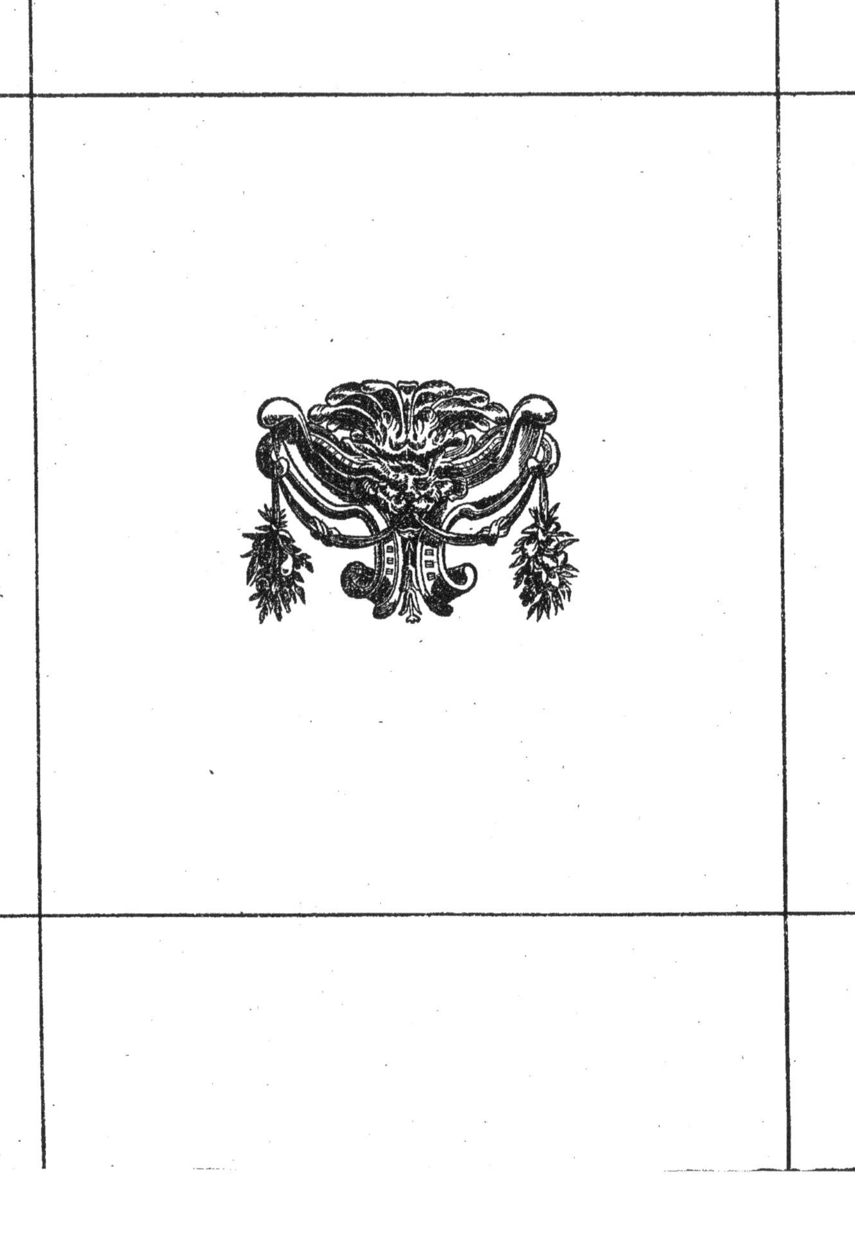

www.ingramcontent.com/pod-product-compliance
Ingram Content Group UK Ltd.
Pitfield, Milton Keynes, MK11 3LW, UK
UKHW020316220726
13923UKWH00003B/1194